Daniel Napp
Sieben haarsträubende Fälle für Kommissar Hummel

Daniel Napp

Sieben haarsträubende Fälle für Kommissar Hummel

Boje

Inhalt / Haarschnitte:

»Pellepau!«, sagte der kleine Manfred.

Es war der letzte Schultag vor den großen Sommerferien. Gerade hatten Tom und Susi ihren kleinen Bruder von der Oma abgeholt. Doch bis der Zug nach Hause abfuhr, waren noch gute zwei Stunden Zeit. Eifrig berieten die Kinder darüber, wie und wo man die Zeit am besten nutzen könnte.

Tom wollte Fußball spielen, doch Susi fand es dafür zu warm.

Susi war für das Freibad, doch Tom fand es dafür zu kalt.

»Pellepau! Pellepau!«, rief der kleine Manfred – und so oder so ähnlich endete die Diskussion.

Die Kinder gingen zu Pellepau, besser gesagt zu Peter Paul, dem wohl erfolglosesten Friseur Berlins. Dabei war Peter Paul keineswegs ein schlechter Friseur. Sein Laden in der Sternstraße blieb allein deshalb leer, weil er die Haare seiner Kunden nur schnitt, wenn er dabei Geschichten erzählen durfte. Ein paar Leute sagten, Pellepau wäre verrückt. Doch Tom und Susi fanden, so etwas sei Ansichtssache.

Susi drückte die schwere Tür auf. Die elektronische Türglocke spielte *O Tannenbaum*. Ein geheimnisvoller Duft aus Seife und Haarspray strömte den Kindern entgegen. Sie betraten das kleine Wartezimmer, das Peter Paul stolz sein Entree nannte. Das Entree war über zwei elegante Treppenstufen aus Marmor mit dem eigentlichen Salon verbunden. Neben den Stufen stand eine moderne Glastheke mit der riesigen, antiken Kasse. Nach dem Haareschneiden durfte der kleine Manfred immer an der Kurbel drehen.

Das Tollste am Entree war die Fotowand. Dort hingen die Bilder von Prominenten, die schon einmal im Salon gewesen waren: Arnold Schwarzenegger, Dieter Bohlen, Helene Fischer, Günther Jauch, Albert Einstein, der amerikanische Präsident, Boris Becker, Angela Merkel, Räuber Hotzenplotz, der Papst, Prinz

Harry und sogar Cristiano Ronaldo. Pellepau hatte die Bilder allesamt aus Illustrierten ausgeschnitten. Angeblich, da er im entscheidenden Moment nie einen Fotoapparat zur Hand gehabt hatte.

Tom und Susi stellten sich vor die Fotowand und versuchten möglichst viele der Persönlichkeiten beim Namen zu nennen. Wie immer entwickelte sich das zu einem kleinen Wettbewerb. Nach einer halben Minute stand es unentschieden. Das letzte Foto würde entscheiden. Doch vor einem kleinen, ovalen Rahmen am Ende der Wand blieben sie ratlos stehen. Dieses merkwürdige Bild war den Kindern noch nie zuvor aufgefallen. Es war eine krakelige Bleistiftzeichnung von Pellepau. Sie zeigte einen grimmig dreinblickenden Mann mit Schnurrbart und Halbglatze. In der Hand hielt er einen viel zu großen Revolver und zielte wie James Bond auf die Kinder. Tom nahm das Bild von der Wand und untersuchte es. Es war kein Staub auf dem Rahmen. Peter Paul musste es erst vor Kurzem aufgehängt haben. Wo war Peter Paul überhaupt?

»Peter Paul?«, rief Tom.

Die Kinder nahmen den kleinen Manfred an die

Hand und gingen die Stufen hoch in den Salon. Das Licht war aus, der Salon lag im Halbdunkel. Keine Kunden. Nur ein paar Modellpuppen mit Perücken standen vor den Spiegeln und starrten regungslos auf die Kinder herab. Aus einem Wasserhahn tröpfelte es. Tom hielt das seltsame Bild noch immer in der Hand. Der komische Mann kam ihm jetzt unheimlich vor.

»Peter Paul?«, rief Susi vorsichtig.

In einer dunklen Ecke unter einer Kommode raschelte es plötzlich. Etwas Zotteliges kam schnaubend auf sie zugetrabt. Die Kinder blieben wie gelähmt stehen. Es war Wilhelm der Zweite! Erleichtert erkannten die Kinder den großen Bobtail des Friseurs. Auch der Hund erkannte die Kinder und begrüßte sie schwanzwedelnd. Tom holte ein paar Hundekuchen aus seinem Schulranzen und fütterte den Hund.

»Hast du Pellepau gesehen?«, flüsterte Susi Wilhelm dem Zweiten ins Ohr.

Wilhelm der Zweite wuffte leise, trabte durch den Salon und verschwand hinter einer Verkaufswand für Shampoo. Die Kinder folgten ihm. Zu ihrer Überraschung döste hinter der Wand eine Dame in einem Frisierstuhl. Von Pellepau keine Spur. Wilhelm der Zweite begann leise zu knurren.

»Peter Paul!«, rief Susi erneut.

Keine Antwort.

»Peeeter Paaaul!«, rief Tom und klopfte an einen der Wandschränke.

Keine Antwort.

»PEL-LE-PAU!«, rief der kleine Manfred.

Plötzlich hielten die Kinder den Atem an. Die Frau war aufgewacht. Als sie die Kinder im Spiegel erblickte, sprang sie wie vom Blitz getroffen vom Stuhl. Drohend baute sie sich vor ihnen auf und rief: »Ha! Auf frischer Tat ertappt!«

Dann riss sie sich die Haare vom Kopf!

Susi schrie laut auf. Tom ließ das Bild fallen. Der kleine Manfred lachte.

»Pellepau!«, rief er.

»Ach, ihr seid es, Kinder ...«, sagte die Frau, die jetzt aussah wie ein Mann. Es war Peter Paul. Mit einer eleganten Bewegung warf er die Perücke auf einen der Puppenköpfe. Er drückte auf einen Schalter, und das Licht der Deckenbeleuchtung flutete durch den Salon. Die Spiegel blitzten auf. Für einen Moment waren die Kinder geblendet.

Dann erkannten auch Tom und Susi ihren Friseur. Seine Locken waren jetzt wieder hellgrau und passten viel besser zu seinem sonnengebräunten Gesicht, dem blauen Hemd und dem weißen Kittel.

Peter Paul hob das Bild vor Toms Füßen auf, hauchte es an und wischte das Glas an seinem Kittel sauber.

Dann hob er den kleinen Manfred auf seine Schultern und erklärte den Kindern, was es mit seiner Tarnung auf sich hatte: Seltsame Dinge passierten in seinem Salon. Seit ein paar Wochen verschwanden seine Haarspraydosen auf unerklärliche Weise! Er vermutete eine organisierte Verbrecherbande, die sich auf Haarspray spezialisiert hatte. Jetzt war er als Geheimagent in eigener Sache tätig und wollte die Diebe auf frischer Tat ertappen.

Die Kinder waren beeindruckt. Tom zeigte auf das Bild in Peter Pauls Händen und fragte: »Wer ist das?«

»Wer das ist?!«, antwortete der Friseur sichtlich verwundert.

»Habt ihr denn in eurer Schule noch nie etwas von dem großen Kriminaloberhauptkommissar Hummel gehört?«

»Oberhauptwachtmeister wer?«, fragte Susi.

»Kriminal-ober-haupt-kommissar Hummel!«, sagte Peter Paul streng. »In den Achtzigerjahren wurde Kommissar Hummel berühmt, als er im Urlaub einen Berg verhaftete. Außerdem ist er mein Kunde. Er hat mir wertvolle Tipps gegeben, wie ich die Haarspray-

diebe überwältigen kann. Glaubt ihr denn, Geheimagent kann man einfach so werden?«

»Einen Berg verhaften …! So etwas geht doch gar nicht«, sagte Susi und wollte das Bild noch mal genauer betrachten.

Doch Peter Paul zog es ihr vor der Nase weg und ließ es geschickt in seinem Kittel verschwinden. Plötzlich hielt er eine Schere in der Hand. Er schnippte damit ein paarmal in die Luft und sagte herausfordernd: »Wollt ihr die Geschichte hören?«

Und ob die Kinder wollten! Sie platzten jetzt förmlich vor Neugier. Doch sie kannten auch den Preis – sie würden sich dafür von Pellepau die Haare schneiden lassen müssen.

Die Kinder gaben sich geschlagen und versammelten sich um einen großen Frisiersessel aus braunem Leder. Peter Paul hob den kleinen Manfred von seinen Schultern, setzte ihn auf den Stuhl und musterte dessen Haare im Spiegel.

»Höchste Zeit für einen Schnitt …«, murmelte er, obwohl der kleine Manfred zuletzt vorgestern bei ihm zum Haareschneiden gewesen war.

So bekam er auch gleich einen grünen Umhang um den Hals, und während Peter Paul die Haare um etwa einen halben Millimeter kürzte, erzählte er den Kindern die Geschichte von dem großen Kommissar und dem Berg ...

Wie Kriminaloberhauptkommissar Hummel im Urlaub einen Berg verhaftet

In Berlin lebte ein Kriminalkommissar, der hieß Hummel und war ein Held. Vor Kurzem war ihm der Goldene Knüppel verliehen worden. Das ist die höchste Auszeichnung bei der Polizei: Kommissar Hummel hatte den tausendsten Räuber ins Gefängnis gesteckt.

»Unseren Kriminaloberhauptkommissar Hummel, den hält niemand zum Narren!«, sagte er während seiner Dankesrede.

Das meinten auch alle seine Kollegen.

Dann fuhr Kommissar Hummel in Urlaub. Er musste sich erholen. Darum ließ er auch seine Dienstmarke zu Hause. Nur seinen Revolver, die Handschellen und den Knüppel nahm er mit. Sicher ist sicher.

Er fuhr nach Südtirol. Dort kam er in ein kleines Dorf, das hieß Walmadanx. Walmadanx hatte nur neunundneunzig Einwohner. Trotzdem gab es dort eine eigene kleine Post, eine kleine Bäckerei und sogar ein kleines Gefängnis Und natürlich ein Hotel. Das hieß Walmadanx-Hotel. Kommissar Hummel bekam

ein hübsches Zimmer mit frischen Schnittblumen und einem Balkon. Von dort aus hatte er einen wunderbaren Blick auf einen spitzen Berg mit einem blauen See davor. Kommissar Hummel fühlte sich sofort erholt.

Doch während er die Nacht über friedlich im Bett lag und schnarchte, verhüllte ein dichter Nebel den Berg. Und als Kommissar Hummel am nächsten Morgen die Vorhänge vor seiner Balkontür beiseiteschob, war der Berg weg. Geklaut!, dachte Kommissar Hummel natürlich gleich, denn Nebel kannte er nicht. (In Berlin gibt es zwar so etwas Ähnliches wie Nebel, aber das riecht ganz anders.)

»Verfluchtes Räuberpack!«, murmelte Kommissar Hummel, als er hastig seine Hose hochzog. Er steckte seinen Revolver, die Handschellen und den Knüppel in den Gürtel und machte sich auf den Weg, um den Dieb zu verhaften.

Er war kaum hundert Meter weit gekommen, da sah er an einem Hang eine Ziege, die genüsslich das umliegende Gestrüpp wegfraß. Die Ziege hat den Berg gefressen!, dachte Kommissar Hummel natürlich sofort. Entsetzt sprang er den Hang hinauf, um die letzten Überreste des Bergs vor der Ziege zu retten. Verblüfft schaute die Ziege Kommissar Hummel an. Doch der hatte schon mit dem Verhör begonnen:

»Name?«, fragte er.

»Mäh«, sagte die Ziege.

Kommissar Hummel kritzelte etwas in sein Notizbuch.

»Vorname?«

»Mäh.«

»Alter?«

»Mäh.«

»Adresse?«

»Mäh.«

»Gewicht?«

»Mäh.«

Kommissar Hummel war nicht entgangen, dass er fünfmal hintereinander die gleiche Antwort bekommen hatte. Wütend zog er seinen Revolver aus dem Gürtel und zielte der Ziege mitten auf den Bart. Jetzt sagte die Ziege nichts mehr.

»Keine Ziege von ganz Südtirol hält unseren Kriminaloberhauptkommissar Hummel zum Narren!«, sagte er.

Dann packte er die Ziege an den Hörnern und zog sie zum Gefängnis von Walmadanx. Auf seine Anweisung hin steckte Gendarm Schnatterpeck die Ziege hinter Schloss und Riegel.

Doch inzwischen hatte sich der Nebel wieder gelichtet. Als Kommissar Hummel auf den Balkon ging, um seine Pfeife ein wenig atmen zu lassen, war der

Berg wieder da. Vor Erstaunen fiel ihm die Pfeife aus dem Mund. Er glaubte, dass ihm der Berg einen üblen Streich gespielt hatte.

»Kein Berg auf der ganzen Welt hält unseren Kriminaloberhauptkommissar Hummel zum Narren!«, brüllte er zornig über den See. Wieder zog er seine Hose hoch, steckte Revolver, Handschellen und Knüppel in den Gürtel und rannte zu dem Berg. Dort angekommen musste er jedoch feststellen, dass seine Handschellen zu klein waren, um den Berg zu verhaften.

Zum Glück erinnerte sich Kommissar Hummel daran, dass der Berg eine Spitze hatte. Rasch kletterte er nach oben, nahm die Handschellen und kettete sein linkes Handgelenk an die Bergspitze.

»Ha!«, sagte Kommissar Hummel, als die Handschellen zuschnappten.

Doch als er den Berg zum Walmadanxer Gefängnis abführen wollte, blieb dieser einfach stehen. Kommissar Hummel hätte sich beinahe den linken Arm ausgerenkt! Er musste nachdenken.

»Also gut!«, sagte er schließlich und machte es sich auf einem Felsvorsprung bequem. »Wenn du willst, dann spielen wir es eben auf die harte Tour. Ich halte das hier oben lange aus – sehr lange sogar, wenn es sein muss.«

Eine ganze Woche lang blieb Kommissar Hummel beim Berg. Doch der dachte gar nicht daran aufzugeben und rührte sich nicht vom Fleck.

Schließlich hatte Kommissar Hummel die Nase voll. Er zog seinen Knüppel heraus, um dem Berg eine ordentliche Tracht Prügel zu verpassen …

»Der arme Berg hat dem Kommissar doch gar nichts getan!«, protestierte Susi an dieser Stelle.

Tom und Susi standen mit verschränkten Armen vor Peter Paul, Wilhelm der Zweite knurrte, und auch der kleine Manfred machte ein ziemlich ernstes Gesicht. Peter Paul kratzte sich verlegen am Kopf.

»Wenn hier einer Prügel verdient hat, dann ist das ja wohl der Nebel!«, sagte Susi.

Peter Paul betrachtete Susi nachdenklich durch den Spiegel. Plötzlich schnippte er mit dem Finger und lächelte. Das Haareschneiden konnte fortgesetzt werden …

In diesem Moment aber kam ein kleines Mädchen vorbei und rief: »Was hat Ihnen denn der arme Berg getan?«

»Der Berg glaubt, er kann unseren Kriminaloberhauptkommissar Hummel zum Narren halten!«, schimpfte Kommissar Hummel.

Dann erzählte er dem Mädchen die ganze Geschichte von dem unverschämten Berg und der verfressenen Ziege. Das Mädchen begriff sofort und erklärte dem Kommissar, wer hier der Schelm war: der Nebel!

»Ha!«, sagte Kommissar Hummel. »Kein Nebel, weder auf der ganzen Welt noch in Südtirol, hält unseren Kriminaloberhauptkommissar Hummel zum Narren!«

Das stimmte: Am nächsten Morgen schon, noch bevor die Sonne aufgegangen war, hatte sich Kommissar Hummel hinter einer mächtigen Eiche mitten auf dem Berg versteckt. Sein Revolver, die Handschellen und der Knüppel steckten griffbereit in seinem Gürtel. Der Wetterbericht behielt recht. Pünktlich um sechs Uhr schlich sich der Nebel an den Berg heran.

Kommissar Hummel sprang aus seinem Versteck, zog den Revolver und rief: »Hände hoch oder es knallt!«

Doch der Nebel dachte gar nicht daran, sich zu ergeben. Da feuerte Kommissar Hummel ein paarmal aus seinem Revolver. Der Nebel hatte es ja nicht anders gewollt. Doch anstatt ins Gras zu beißen, legte sich der Nebel immer dichter um Kommissar Hummel. Der konnte bald den Revolver nicht mehr vor Augen sehen. In Panik zog er den Knüppel aus seinem Gürtel und schlug wie wild um sich. Dabei überschlug er sich, rollte den Berg hinunter und landete im See. Wäre es nicht Sommer gewesen – Kommissar Hummel hätte sich garantiert einen Schnupfen geholt!

»Kein See, weder auf der ganzen Welt noch in Südtirol, Berlin oder sonst wo, hält Kriminaloberhauptkommissar Hummel zum Narren!«, prustete er.

Nachdem er seine Hose auf dem Balkon zum Trocknen aufgehängt hatte, kam Kommissar Hummel mit einem Eimer zurück.

Im Gegensatz zu Nebel oder einem Berg lässt sich ein See recht einfach verhaften: Kriminaloberhauptkommissar Hummel schleppte ihn, Eimer für Eimer, zum Walmadanxer Gefängnis.

»Die Ziege staunte übrigens nicht schlecht, als Gendarm Schnatterpeck den See über die Füße geschüttet bekam«, sagte Peter Paul.

Der kleine Manfred rubbelte glücklich über seine frisch geschnittenen Haare.

»Spätestens übermorgen sind sie nachgewachsen«, sagte Peter Paul, »dann musst du wieder bei mir vorbeischauen.«

Der kleine Manfred nickte, rutschte vom Stuhl und

flitzte zu dem Glas mit den Bonbons, um sich zu belohnen.

»Bekommt der See im Gefängnis eigentlich Wasser und Brot oder nur Brot?«, wollte Tom wissen.

Peter Paul runzelte die Stirn. Doch bevor er antworten konnte, wurde er unterbrochen.

O Tannenbaum, o Tannenbaum, wie grün sind deine Bl...

Wilhelm der Zweite begann zu knurren, denn der Postbote stand mit einem großen Paket im Entree. Eine Lieferung für Peter Paul! Peter Paul nahm den Karton in Empfang und gab dem Zusteller zur Bestätigung eine Unterschrift. Der Mann schaute nervös zu Wilhelm dem Zweiten, dann wünschte er allen einen schönen Tag und verschwand schnell wieder. Die Kinder versammelten sich neugierig um Peter Paul und das Paket.

»Was ist denn in dem Paket?«, wollte Tom wissen.

»Mal sehen ...«, murmelte Peter Paul und studierte den aufgeklebten Lieferschein.

Plötzlich ließ er das Paket auf den Boden krachen.

»Alle sofort in Deckung!«

Dann sprang er mit einem gewaltigen Satz über die Stufen hinweg in den Salon und kroch hinter eine Kommode. Tom, Susi, Wilhelm der Zweite und der kleine Manfred rannten ihm erschrocken hinterher und krabbelten unter die Waschbecken.

»Alle Kinder an die Waffen!«, kommandierte Peter Paul.

Die Kinder bewaffneten sich mit Schere, Bürste und Rasierschaum. Peter Paul selbst kam mit einem Föhn aus seinem Versteck gekrochen. Vorsichtig näherte sich die Sturmtruppe dem Paket im Vorzimmer. Peter Paul hielt das Paket mit seinem Föhn in Schach,

während Susi die Paketbänder mit ihrer Schere aufschnitt. Wilhelm der Zweite steckte seine Schnauze in das Paket. Der Deckel sprang auf! Die Kinder ließen sich zu Boden fallen.

»Ha!«, rief Peter Paul. »Genau wie ich es mir gedacht habe … Haarspray!«

Die Kinder standen wieder vom Boden auf und klopften sich den Staub von der Kleidung.

»Wieso haben wir ein Paket mit Haarspray gestürmt?«, fragte Tom enttäuscht.

»Sicher ist sicher!«, sagte Peter Paul. »Ich dachte zuerst, ein Räuber würde in dem Paket stecken.«

»Räuber kommen doch nicht mit der Post!«, warf Susi ein. »Das hätten wir in der Schule gelernt!«

Tom schüttelte den Kopf. Nur der kleine Manfred, der noch nicht zur Schule ging, starrte Pellepau mit offenem Mund an.

»In der Schule haben sie ja auch noch nichts von dem großen Kriminaloberhauptkommissar Hummel gehört. Der verschickt nämlich gerne mal Räuber per Post.«

»Tut er nicht!«, sagte Susi, und jetzt schüttelte auch der kleine Manfred den Kopf.

»Tut er doch!«, erwiderte Peter Paul.

Der kleine Manfred nickte zustimmend.

Peter Paul nahm das Paket mit dem Haarspray und ging damit zurück in den Salon. Die Kinder machten große Augen und folgten ihm.

Pellepau drehte den Frisiersessel einladend zu den Kindern hin.

»Na dann, bitte einmal waschen und tönen«, sagte Tom und rutschte auf den Sessel …

Wie Kriminaloberhauptkommissar Hummel die Robozzo-Brüder und 10.000 Euro kassiert

Die Post hatte eine Belohnung ausgesetzt: 10.000 Euro und 95 Cent für die Ergreifung der Robozzo-Brüder. Neben den besten Detektiven des Landes fand sich natürlich auch der berühmte Kriminaloberhauptkommissar Hummel in Bonn ein, um an der Besprechung im gläsernen Hochhaus der Deutschen Post AG teilzunehmen.

Die Männer nahmen an einem langen Tisch Platz. Am hinteren Ende saß der Vorstandsvorsitzende und erklärte die Sachlage. Hinter ihm an der Wand hing eine Landkarte, in der viele kleine rote Fähnchen steckten, sowie ein Phantombild von zwei Männern.

Der Schaden ging bereits in die Millionen! Innerhalb von zwei Wochen waren über fünfhundert gelbe Posttransporter überfallen worden. Die Räuber überraschten die Transporter meist an Baustellenampeln, zwangen die Fahrer zum Aussteigen und plünderten die Ladung: Bargeld, Schmuck, Diamanten, Schecks und Schnapspralinen – nichts war vor den Räubern sicher. Nach der Beschreibung der Postangestellten kamen als Täter nur die berüchtigten Robozzo-Brüder infrage. Kommissar Hummel war begeistert. Von der Belohnung wollte er drei Wochen Badeurlaub in der Karibik machen.

Unverzüglich gingen die Detektive an die Arbeit.

Zuerst fuhren sie getarnt als Postangestellte die Transporter, um die Räuber auf frischer Tat zu ertappen. Ohne Erfolg. Die Robozzo-Brüder witterten die Falle und überfielen stattdessen die Briefträger. Also verkleideten sich die Detektive als Briefträger und verteilten die Post. Da brachen die Robozzo-Brüder die Briefkästen auf. Zum Schluss verkleideten sich die Detektive als Briefkästen ... Es war zum Verrücktwerden – denn jetzt raubten die Gangster wieder die Posttransporter aus!

Nach drei Wochen gab auch Kommissar Hummel als einer der Letzten auf. Gegen die raffinierten Robozzo-Brüder schien kein Pfeifenkraut gewachsen zu sein. Frustriert setzte er sich zu Hause vor den Fernseher, um 10.000 Euro Belohnung und drei Wochen Karibik zu vergessen. Zum Glück kam seine Lieblingsserie: *Kommissar Haiphong räumt in Hongkong auf.*

Heute war es besonders spannend. Kommissar Haiphong sollte eine Bande von Autodieben überführen. Doch was die Polizei auch unternahm, immer waren die Autoknacker einen Schritt voraus.

»Verfluchtes Räuberpack!«, murmelte Kommissar Hummel und zündete sich seine Pfeife an.

Kurz vor Ende des Films hatte Kommissar Haiphong endlich die rettende Idee. Er stellte ein teures Cabriolet vor dem Bahnhof ab, ließ den Zündschlüssel stecken und kroch in den Kofferraum.

»Und jetzt – abwalten und Tee tlinken!«, sagte Kommissar Haiphong

Dann wartete er ab und trank Tee. Und tatsächlich! Die dritte Tasse war noch nicht mal abgekühlt – da sprang der Motor an, und der Wagen fuhr mit quietschenden Reifen davon. Als die Bande das Auto in ihrer Räuberhöhle untersuchen wollte, startete Kommissar Haiphong einen Überraschungsangriff: Er sprang aus dem Kofferraum und streckte alle fünfzig Gangster mit einem einzigen gezielten Handkantenschlag nieder.

Kommissar Hummel klatschte begeistert in die Hände! Er stellte sich vor, wie er aus einem Brief springen und die Posträuber verhaften würde ... Da fiel ihm die Pfeife aus dem Mund. Er schlug sich gegen die Stirn. Natürlich! Jetzt wusste er, mit welcher Tarnung er die Robozzo-Brüder zur Strecke bringen würde.

Gleich am nächsten Morgen betrat Kommissar Hummel mit einem Umzugskarton die nächstgelegene Postfiliale. Am Schalter kaufte er einen Paketschein, den er an die Deutsche Bank in Frankfurt adressierte und auf den Karton pappte. Direkt daneben klebte er einen großen gelben Aufkleber mit dem Warnhinweis: »VORSICHT! BARGELD!« Zuletzt stach er noch ein paar Luftlöcher in die Pappwände, kletterte in den Karton und ließ ihn von der Frau am Schalter sorgfältig zukleben.

»Ab geht die Post!«, hörte man Kommissar Hummel dumpf aus dem Inneren rufen.

Die Postangestellte schob das Paket über die Rollen in den Lagerraum, und acht Stunden später ging die Post mit Kommissar Hummel ab.

Kommissar Hummel saß gemütlich in seinem Karton, während der Transporter mit seiner wertvollen Fracht über die Autobahn Richtung Frankfurt knatterte. Jetzt musste er nur noch warten, bis die Räuber sein Paket öffneten, dann würde er überraschend zuschlagen, genau wie Kommissar Haiphong.

»Abwalten und Tee tlinken!«, sagte Kommissar Hummel zufrieden und nahm einen großen Schluck Schnaps aus seiner Feldflasche.

Wie ein Baby wurde Kommissar Hummel in seinem Karton hin und her gewiegt, und recht bald fielen ihm die Augen zu. Er träumte davon, wie er in der Karibik tauchte und eine räuberische Schildkröte verfolgte. Gerade hatte er dem Tier die Handschellen

angelegt und wollte es zum Verhör an die Wasserober-
fläche ziehen ... da riss ihn eine Vollbremsung unsanft
aus seinen Träumen.

Der Posttransporter hielt mitten auf der Autobahn
vor einer roten Baustellenampel. Neben der Ampel
standen breitbeinig zwei mit Schaufel und Pressluft-
hammer bewaffnete Bauarbeiter. Die Robozzo-Brüder!
Sie zerrten den Fahrer aus dem Fahrerhaus und ließen
sich von ihm den Laderaum aufschließen. Ohne weitere Zeit zu verlieren, rissen sie gleich die Briefe und
Pakete auf. Als die Hälfte der Ladung geplündert war,
kam ein großes Paket mit einem Aufkleber »VOR-
SICHT! BARGELD!« zum Vorschein. Gierig schlitz-
te Bob Robozzo das Paket auf.

»Ha!« Kommissar Hummel sprang aus dem Karton!

Die Robozzo-Brüder ließen vor Schreck Pressluft-hammer und Spitzhacke fallen. Kommissar Hummel fackelte nicht lange und streckte die Gangster mit fünf-zehn gezielten Handkantenschlägen nieder. Nachdem er sie gefesselt hatte, zog er seine Hose hoch und rief:

»Ab in die Karibik!«

»Kriminaloberinspektor Hummel kann gar nicht ver-reisen!«, beschwerte sich Susi.

»Kriminal-ober-haupt-kommissar Hummel!«, ver-besserte sie Peter Paul. »Und warum sollte er das nicht können?«

»Weil er die Räuber noch gar nicht ins Gefängnis gesteckt hat!«, sagte Susi.

»Und einen Flug hat er auch nicht gebucht!«, rief Tom triumphierend. »Wie bitte schön soll er denn so zu den karibischen Inseln kommen?«

Pellepau bereitete die Spülung vor …

Kommissar Hummel wurde bewusst, dass er die Ro-bozzo-Brüder vor seinem Urlaub erst noch im Gefängnis abliefern musste. Und sicher waren auch sämtliche Flüge in die Karibik für die nächsten Wochen längst ausgebucht.

»Verfluchtes Räuberpack!«, murmelte Kommissar Hummel und dachte nach.

Schließlich steckte er die Robozzo-Brüder in einen leeren Karton, den er mit Luftlöchern versah und sorgfältig zuklebte. Dann füllte er einen Paketschein aus, den er an das Gefängnis in Berlin adressierte. Zum Schluss füllte er noch einen zweiten Paketschein aus, kletterte zurück in seinen eigenen Karton und steckte sich eine Pfeife an. Der Postfahrer klebte das Paket zu, schloss den Laderaum und setzte seine Fahrt fort. Von der Frankfurter Hauptpoststelle aus ging das Paket mit den Räubern noch am Abend zurück nach Berlin, das mit Kommissar Hummel wurde zum Frankfurter Frachtflughafen transportiert. Und zwei Tage später stand in Jamaika ein rauchendes Paket vor dem Hotel San Coconut.

»Die Dame an der Rezeption staunte übrigens nicht schlecht, als sie Kriminaloberhauptkommissar Hummel auspackte«, sagte Peter Paul.

Für einen Moment herrschte Schweigen im Salon. Susi runzelte skeptisch die Stirn, als hegte sie noch einige Zweifel gegenüber Peter Pauls Geschichte.

Peter Paul zog Tom den Umhang über den Kopf und nahm mit ein paar Tropfen Haargel die letzten Korrekturen an dessen neuer Igelfrisur vor.

»Jetzt bringen wir erst mal das Haarspray an einen sicheren Platz, bevor das auch noch geklaut wird«, sagte er, nachdem er sich die Hände gewaschen hatte. Er hob das Paket mit den Dosen vom Boden auf. Die Kinder folgten ihm bis zu einer Tür, die zu einer kleinen Abstellkammer führte.

»Wenn du die Diebe abschrecken willst, solltest du dir lieber eine Alarmanlage zulegen«, sagte Tom, während Peter Paul umständlich versuchte, die Türklinke mit dem Ellbogen herunterzudrücken.

»Eine Alarmanlage macht man nachts an und morgens wieder aus«, erklärte er. »Mein Haarspray wird aber tagsüber geklaut, während ich im Laden bin. Und außerdem …«

Als er sich zu den Kindern herumdrehte, rammte er versehentlich ein Podest, auf dem eine mit Murmeln gefüllte Glasvase stand. Die Vase geriet ins Wanken. Tom und Susi schrien auf. Der kleine Manfred kniff die Augen zusammen und hielt sich die Ohren zu. Doch Peter Paul schaffte es rechtzeitig, ein Bein in die

Luft zu heben und die Vase mit dem Fuß zu stabili-
sieren.

Plötzlich weiteten sich seine Augen, als hätte er eine
Idee. Aufgeregt zischte er: »Kinder, jetzt weiß ich, was
wir brauchen: eine spezielle Alarmanlage für Haarspraydosen.«

Aufgeregt nahm er eine der Dosen aus dem Karton
und stellte sie auf ein Wadregal neben dem Podest.

»Das ist unser Köder«, erklärte er.

Dann verstaute er den Karton mit den restlichen
Dosen eilig in der Abstellkammer und kam mit einem

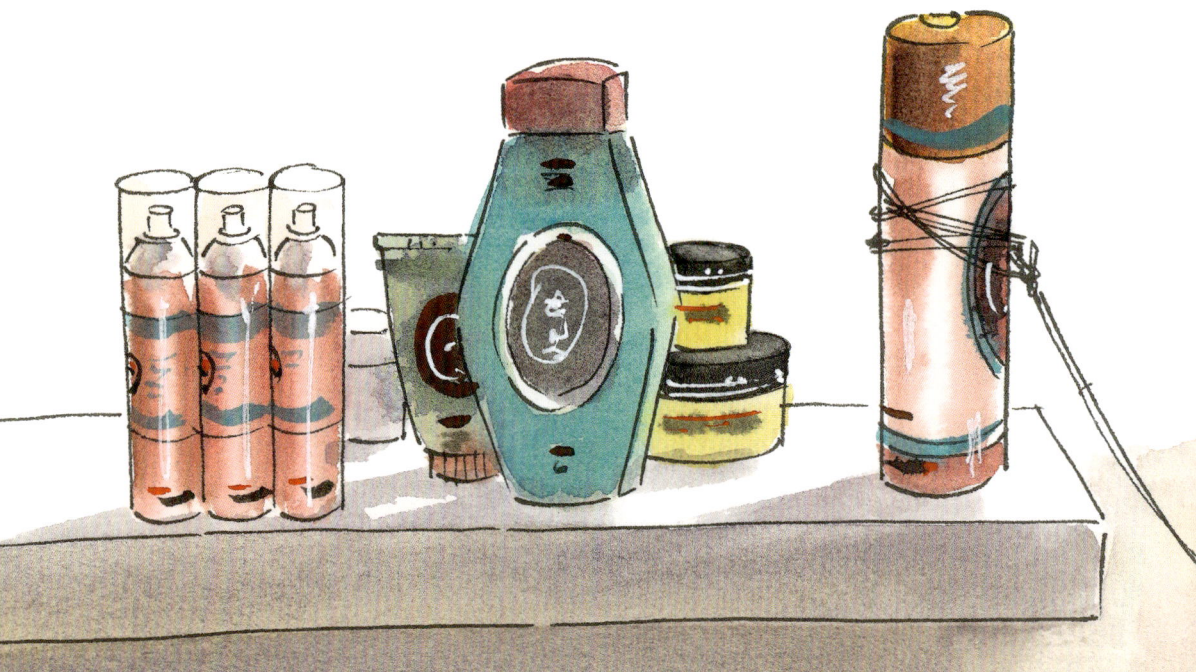

Stück Nylonschnur zurück. Verblüfft beobachteten die Kinder, wie er es mit der Dose auf dem Regal verknotete.

»Und jetzt kommt unser Alarm. Passt auf …«

Peter Paul verband das andere Ende der Schnur mit der Glasvase.

»Versteht ihr?«, flüsterte er aufgeregt. »Wenn der Dieb das nächste Mal kommt und sich das Haarspray schnappt, dann reißt er die Vase mit den Murmeln um!«

»Genial«, sagte Susi.

Peter Paul rückte die Dose noch ein wenig zurecht, bis die Schnur kaum noch zu sehen war.

»Auf die gleiche Art und Weise werden übrigens auch große Bauwerke gesichert«, fügte er noch beiläufig hinzu.

»Durch eine Vase mit Murmeln?«, rief Tom.

»Ganz genau. Wenn jemand zum Beispiel den Eiffelturm klaut, dann fällt auch dort eine Vase mit Murmeln um, und alle sind alarmiert.«

»Als ob man den Eiffelturm klauen könnte!«, sagte Susi und tippte sich gegen die Stirn.

»Tatsächlich ist der Eiffelturm schon mal geklaut worden, habt ihr das denn nicht gewusst? Kriminaloberhauptkommissar Hummel hat ihn aber wieder zurückgebracht. Darüber hat doch damals jeder gesprochen. Vor allem auch, weil der Turm danach noch eine Zeit lang auf dem Kopf gestanden hatte.«

»Niemals«, sagte Tom und verschränkte die Arme.

»Oh doch«, sagte Pellepau und schielte zu dem Frisierstuhl. »Das wäre allerdings eine längere Geschichte.«

»Also gut«, sagte Susi und nahm auf dem Sessel Platz. »Meine Haare sind ja zum Glück noch da.«

Wie Kriminaloberhauptkommissar Hummel den Eiffelturm zurückklaut

Vor nicht allzu langer Zeit hielt einer der spektakulärsten Diebstähle die Welt in Atem: Der Eiffelturm war aus Paris geklaut worden! Noch hatten die Behörden Frankreichs keine Ahnung, wer hinter dem Diebstahl steckte. Wie die Täter in der Lage gewesen waren, 10.000 Tonnen Eisen unbemerkt aus der Stadt zu schaffen, konnte man aber schon bald erklären: Die Diebe hatten einfach über Monate hinweg unauffällig die untersten Streben von den vier Stützpfeilern abgeschraubt und fortgeschafft. So sackte das Stahlgerüst Meter um Meter so langsam nach unten, dass die Einwohner von Paris keine Veränderung wahrnahmen. Erst an dem Morgen, als auf dem Champ de Mars nur noch die Antennenspitze stand, blieb ein Jogger verblüfft stehen und rief die Polizei. Aber da war es schon zu spät.

»Verfluchtes Räuberpack!«, murmelte Kommissar Hummel, der gerade mit dem Aufbau eines neuen Aktenschranks beschäftigt war, als die Meldung im Radio zu hören war.

Er warf die Montageanleitung in die Ecke und packte seine Koffer. Er wollte sofort nach Paris reisen, um seinen französischen Kollegen bei der Fahndung nach den Eiffelturm-Dieben zu helfen.

Als er am Tatort seine Lupe auspackte, um den Boden nach Spuren abzusuchen, lächelten die Gendarmen aber nur überheblich. Immerhin hatte ein Spezialkommando schon seit Stunden jeden Zentimeter der gesamten Umgebung abgesucht, ohne etwas Verdächtiges zu finden. Doch Kommissar Hummel ließ sich nicht

beirren und kroch bäuchlings los. Und tatsächlich – er war keine drei Meter weit gekommen, da stieß er auf ein ausgewachsenes Kamel, das mitten auf dem Platz stand. Kommissar Hummel rappelte sich hoch, klopfte sich das Gras von den Hosenbeinen und zündete sich zufrieden seine Pfeife an.

»Bien joué, bien joué«, lobten ihn jetzt auch verblüfft die Spezialisten von der Spurensuche und streichelten das Kamel.

Kommissar Hummel aber legte dem Kamel am Sattel seine Handschellen an, um es zu einem Verhör abzuführen. Leider war das Kamel stärker als er und zog ihn einfach in die entgegengesetzte Richtung mit sich. Kommissar Hummel, dem es nicht gelang, die Handschellen zu lösen, musste durch ganz Paris neben dem Tier mitrennen! Vom südlichen Stadtrand aus ging es noch ein Stück weiter, bis zu den Pyrenäen, und dann noch quer durch Spanien. Erst am Hafen von Gibraltar blieb das Kamel schließlich stehen.

Kommissar Hummel ließ die Handschellen wieder aufschnappen und sah sich um. Große Kreuzfahrtschiffe lagen an den Kaimauern und hupten mit ihren Fanfaren, während sich unzählige Touristen an den Landungsbrücken tummelten. Das Kamel war sicher nicht aus Zufall hierhergelaufen, dachte sich Kommissar Hummel.

Er musste ein kleines Äffchen verjagen, das ihm seine Pfeife stibitzen wollte, als er plötzlich am Rand der

Anlegestelle drei weitere Kamele entdeckte. Auf ihren Rücken hingen schwere Taschen, aus denen Eisenstangen herausschauten. Eindeutig Streben, die vom Eiffelturm stammten! Daneben standen drei Scheichs in weißen Umhängen und warteten auf eine Frachtfähre, die sich gerade näherte.

»Verfluchtes Räuberpack!«, murmelte Kommissar Hummel.

Dann fasste er einen Plan. Er würde unauffällig das Frachtschiff betreten und mit den Dieben mitreisen. Dann würde er bald wissen, wo sich der ganze große Rest des Eiffelturms befand ...

»Was bitte schön soll denn daran unauffällig sein?«, fragte Susi. »Auffälliger geht es ja wohl kaum noch, wenn sonst nur Scheichs auf dem Schiff sind.«

»Und die würden Kommissar Hummel niemals so einfach auf das Schiff lassen!«, meinte auch Tom.

Pellepau überlegte kurz und sagte: »Deshalb musste Kommissar Hummel ja auch inkognito reisen!«

»In was?«, fragte Susi.

»In koch Knie so!«, sagte der kleine Manfred wissend.

»Genau«, sagte Pellepau. »Das bedeutet, dass man unter einem falschen Namen reist. Aber hört doch einfach selbst ...«

Kommissar Hummel fand in der Nähe ein kleines Touristengeschäft. Dort kaufte er sich einen Scheich-Umhang sowie ein Buch mit dem Titel *Arabisch lernen in 30 Sekunden*. Während er bezahlte und sich von dem Händler in das weiße Gewand einwickeln ließ, studierte er das Buch, legte dann das Geld auf die Theke und sagte: »Mai alslama!«, was so viel wie ›Auf Wiedersehen!‹ bedeutet.

Als Scheich verkleidet nahm er sein Kamel an die Leine und lief hinüber zu der Fähre.

»Yawmun sa id!«, sagte Kommissar Hummel, was so viel wie ›Guten Tag!‹ bedeutet.

»Yawmun sa id!«, brüllten die Scheichs und fragten ihn nach seinem Namen.

Kommissar Hummel verbeugte sich und antwortete: „Ismi: Scheich Krim in al Oba Haubd Kommiß Ar Humm el!«

Die Tarnung schien zu funktionieren. Die Männer musterten ihn von oben bis unten und nickten kurz. Einer der Scheichs nahm ein paar Eisenstreben aus sei

nen Satteltaschen und belud damit Kommissar Hummels Kamel. Kurz darauf hatte die Fähre auch schon
Leine gelegt. Eine Rampe wurde ausgefahren, über die
die Scheichs ihre Kamele in den Frachtraum führten.

Und so kam es, dass Kommissar Hummel zusammen mit drei Scheichs, vier Kamelen und den letzten

Bauteilen des Eiffelturms quasi inkognito auf einer Frachtfähre nach Marokko reiste.

Als das Schiff endlich im Hafen von Casablanca andockte und sich die kleine Kamelkarawane wieder in Bewegung setzte, näherten sich bereits die Abendstunden. Schweigend ritten die Männer der untergehenden Sonne entgegen. Bald war um sie herum nur noch rötlich leuchtender Sand zu sehen, auf dem sich

ihre Schatten abzeichneten. Beim Anblick der endlosen Wüstenlandschaft war es Kommissar Hummel, als sei die Zeit stehen geblieben. Bis plötzlich hinter einer Sanddüne eine gewaltige Eisenkonstruktion auftauchte: der Eiffelturm!

Im Nu waren sie wieder von hektischem Treiben umgeben. Überall wuselten Scheichs mit Plänen herum, fuchtelten aufgeregt mit den Armen und brüllten andere Scheichs an, die mit schweren Hämmern am Fundament des Turms gegen Nieten schlugen. Geländewagen mit Allradantrieb brausten bedrohlich nahe an ihnen vorbei und wirbelten den Staub auf. Mehrere mobile Kräne standen halb versunken im Sand. Ein Hubschrauber kreiste knatternd um die Spitze des Turms.

Ein Scheich mit Funkgerät, der offensichtlich als Bauleiter das Sagen hatte, winkte die kleine Karawane zu sich heran. Rasch wurden die Satteltaschen ihrer Kamele entladen und die Einzelteile auf dem Boden

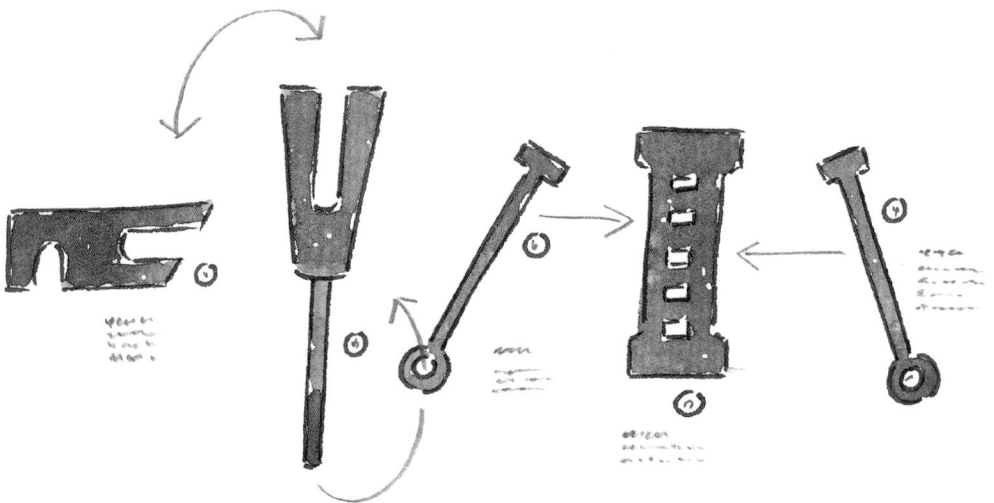

ausgebreitet. Erst jetzt fiel Kommissar Hummel auf, dass die Einzelteile mit weißer Kreide nummeriert worden waren. Ein weiterer Scheich eilte mit einem dicken Buch heran. Darin waren alle Bauteile des Turms in einer genauen Reihenfolge eingezeichnet. Die Diebe hatten sich beim Abbau des Eiffelturms eine Montageanleitung angefertigt. Genial!

Der Bauleiter-Scheich warf einen Blick in das Buch, studierte kurz die Bauteile und brüllte einige Befehle. Augenblicklich beluden Arbeiter den Lift und transportierten die Eisenstücke nach oben bis zur Turmspitze, die noch einige Löcher zeigte. Als schließlich das letzte Bauteil mit der Nummer 18.038 verschraubt worden war, ließen die Scheichs die Sektkorken knallen. Unter Gejubel wurde ein Feuerwerk gezündet, das den fertigen Eiffelturm unter dem Nachthimmel in allen Farben aufflammen ließ.

»Den Bohrmeißel montieren wir morgen«, erklärte der Bauleiter feierlich auf Arabisch. »Und dann holen wir uns endlich das schwarze Gold!«

So langsam dämmerte Kommissar Hummel, was hier vor sich ging.

Am Lagerfeuer lauschte er dann gebannt den Erzählungen der Männer: wie sie vor einiger Zeit auf das Ölfeld von unermesslicher Größe gestoßen waren. Dass ihre normalen Bohrtürme jedoch zu klein waren, um das Öl zu fördern. Und wie sie schließlich den Plan aussheckten, den Eiffelturm zu klauen, um ihn zu einem gigantischen Ölbohrturm umzufunktionieren.

»Khalli al battika yikassir ba'du«, murmelte Kommissar Hummel, was so viel bedeutet wie: ›Lass die Wassermelonen sich selbst zerbrechen.‹

Diese Worte machten zwar wenig Sinn, doch klang es sehr entschlossen. Und entschlossen war Kommissar Hummel ... denn noch in dieser Nacht würde er den Eiffelturm zurück nach Paris schaffen!

Sobald er die Scheichs in ihren Zelten schnarchen hörte, machte er sich an die Arbeit. Nachdem er das Buch mit der Montageanleitung unter dem Kopfkissen des schlafenden Bauleiters hervorgezogen hatte, schraubte er den Eiffelturm völlig lautlos mit einem Schraubenschlüssel wieder ab, lud alle achtzehntausend Eisenstreben, Stahlkeile, Nieten, Sparren und Tragpfeiler in die Satteltaschen der Kamele, ritt mit der Karawane

zurück zum Hafen von Casablanca und trat augenblicklich die Heimreise an. Noch vor der Morgendäm-
merung in Paris angekommen, schlug er das Buch mit
der Montageanleitung auf und verschraubte alle Bauteile wie beschrieben. Leider hatte er vergessen, dass
man in arabischen Ländern von rechts nach links liest,
und somit alle Bücher rückwärtsgelesen werden müssen.

»Die Pariser staunten übrigens nicht schlecht, als
der Eiffelturm am nächsten Morgen falsch herum auf
dem Champ de Mars stand«, sagte Peter Paul.

Inzwischen hatten sich die Kinder vor dem Spiegel aufgestellt und betrachteten kritisch Susis neuen Schnitt. Peter Paul hatte ihr eine Nachtclubfrisur verpasst. Susi hüpfte wie ein Filmstar vom Sessel, ohne die anderen eines Blickes zu würdigen.

Du grünst nicht nur zur Sommerzeit, nein, auch im Winter, wenn es schn...

Die alte Frau Kämmerer hatte den Laden betreten. Sie wohnte in einem der hinteren Häuser der Straße und kürzte den Weg zum Innenhof gerne durch Peter Pauls Laden ab. Tom und der kleine Manfred nahmen ihr die Einkaufstüten ab.

»Na, Frau Kämmerer, gibt es heute Möhreneintopf?«, fragte Susi und zeigte auf die Möhren, die aus einer der Tüten herausschauten.

Frau Kämmerer lachte.

»Nein, die Möhren sind doch für die Maulwürfe.«

»Maulwürfe?«, fragten die Kinder im Chor.

»Die Maulwürfe, die ich mit meiner neuen Falle fangen werde!«, sagte Frau Kämmerer.

Dann erklärte sie, dass schon seit ein paar Tagen ihr Blumenbeet durch geheimnisvolle Erdhügel ruiniert werde. Als Täter kämen nur Maulwürfe infrage. Und genau die würde sie jetzt zur Strecke bringen.

Susi öffnete die Holztür zum Hinterhof, und Frau Kämmerer verließ mit ihren Tüten wieder das Geschäft. Durch das Fenster konnten die Kinder beobachten, wie sie vor einem kleinen Blumenbeet stehen blieb, das kreisförmig um die Kastanie in der Mitte des Hofes angelegt war. Mit ihrem Stock zeigte sie dro-

hend auf einen kleinen Erdhaufen und rief: »Wir sprechen uns später, ihr Randalierer, ihr Blumenschänder!«

»Maulwurfspuren!«, sagte Peter Paul.

Die Kinder drehten sich um und sahen Peter Paul auf dem Boden knien. Mit einer Lupe untersuchte er einen Haufen Dreck.

»Seit ein paar Tagen verschwindet mein Haarspray, und Frau Kämmerer hat plötzlich Maulwürfe in ihrem Blumenbeet!«

»Glaubst du, die Maulwürfe haben dein Haarspray geklaut?«, fragte Tom.

»Maulwürfen ist alles zuzutrauen!«, sagte Peter Paul ernst. Er zeigte den Kindern einen schwarzen Erdklumpen. Eindeutig Blumenerde.

»Ich frage mich nur, wie sich die Maulwürfe an mir vorbeischleichen konnten.«

»Wenn du mit deiner Perücke im Frisierstuhl schnarchst, kann sich sogar ein Elefant an dir vorbeischleichen!«, sagte Susi.

Peter Paul kraulte sich nachdenklich die Locken. »Vielleicht hast du recht. Aber das viele Aufpassen macht mich immer so müde.« Er gähnte. »Und Räuber im Schlaf verhaften – so etwas kann vielleicht Kriminaloberhauptkommissar Hummel. Aber ich bin doch nur ein einfacher Friseur.«

Er nahm den Besen und kehrte die Erdklumpen unter ein Schränkchen.

Susi tippte sich an die Stirn.

»Räuber im Schlaf verhaften ... so etwas geht doch gar nicht!«

Peter Paul hob den Zeigefinger.

»Geht doch!«, sagte der kleine Manfred.

Susi und Tom schauten den kleinen Manfred an,

und der versteckte sich ganz schnell hinter Pellepaus rechtem Hosenbein.

»Der kleine Manfred hat recht«, sagte Peter Paul, eilte zu der Tür, die zum Hinterhof führte, und öffnete sie. Frau Kämmerer stand jetzt gebeugt über ihrem Blumenbeet und stocherte mit ihrem Stock in der Erde herum.

»Ach, Frau Kämmerer«, rief ihr Peter Paul über den Hof zu. »Haben Sie vielleicht Zeit für einen Haarschnitt?«

Die Dame stand zögerlich auf und fragte: »Na ja … was würde das denn kosten?«

»Zwanzig Euro«, antwortete Peter Paul.

»Na gut«, sagte Frau Kämmerer.

Die Kinder jubelten, begleiteten Peter Pauls Nachbarin durch den Salon und halfen ihr auf den Frisierstuhl. Nachdem Peter Paul ihr den Umhang über den Kopf gezwängt hatte, schaute sie ihn skeptisch an.

»Ich möchte das Geld aber sofort haben«, sagte sie und hielt ihre Hand auf.

»Von mir aus«, sagte Peter Paul zerknirscht. Er kramte in seiner Hosentasche, zog einen Zwanzigeuroschein heraus und drückte ihn Frau Kämmerer mürrisch in die Hand.

»Danke«, sagte Frau Kämmerer, lächelte wieder freundlich und sagte: »Dann legen Sie mal los.«

Wie Kriminaloberhauptkommissar Hummel quasi im Schlaf einen Räuber dingfest macht

Kommissar Hummel kam müde von der Arbeit. Seit zwei Wochen schon hielt der berüchtigte Bankräuber Don Bartholo die Stadt in Atem. Die Polizei ermittelte ununterbrochen. Bisher ohne Erfolg.

Kommissar Hummel schlüpfte in den Schlafanzug. Seinen Revolver, den Schlagstock und die Handschellen legte er wie immer auf dem Nachttisch ab. Nur sein Sparschwein nahm er mit ins Bett. Sicher ist sicher. Er kuschelte sich in die Federn, schloss die Augen ... und war im Nu eingeschlafen.

Dann hatte er einen Traum: *Er ging mit seinem Sparschwein in die Bank, um sein Geld zählen zu lassen. Er stellte sich an einen freien Schalter. Der Bankangestellte nahm das Sparschwein in Empfang und zählte das Geld: 19 Euro. Kommissar Hummel freute sich.*

Da knallte es! Don Bartholo stand mit einer rauchenden Flinte in der Bank.

Mein Sparschwein!, dachte Kommissar Hummel natürlich sofort. Er wollte den Knüppel aus seinem Gürtel ziehen ... da wurde ihm bewusst, dass er immer noch träumte und deshalb im Schlafanzug in der Bank stand.

Don Bartholo zielte mit seiner Flinte auf Kommissar Hummels kleinen Zeh. Kommissar Hummel musste sich mit seinem sauberen Schlafanzug auf den schmutzigen Boden legen.

»Verfluchtes Räuberpack!«, murmelte er.

Plötzlich hatte er eine Idee: Als Don Bartholo dem Bankangestellten die Flinte unter den Schlips schob, bewegte Kommissar Hummel ganz langsam seine Hand vor das Gesicht. Erschrocken wirbelte Don Bartholo herum. Zu spät! Kommissar Hummel kniff sich, so fest er konnte, in die Nase ... und erwachte.

»Ha!«, rief Kommissar Hummel und sprang aus dem Bett. Er zog hastig seine Dienstkleidung an, steckte Revolver, Knüppel und Handschellen in den Gürtel und huschte zurück in die Federn. Dann schlief er, so schnell er konnte, wieder ein ...

»Polizei! Hände hoch oder es knallt!«, rief Kommissar Hummel, als er wieder träumte und in der Sparkasse
stand. Doch zu spät: Don Bartholo hatte sich schon mit
dem Sparschwein aus dem Staub gemacht.

Hinterher!, dachte Kommissar Hummel gleich und

stürzte hinaus auf die Straße. Zum Glück war der Schweinedieb noch nicht weit gekommen. Beherzt nahm Kommissar Hummel die Verfolgung auf. Doch nachdem er fünf Meter wie der Teufel gerannt war, ging ihm die Puste aus.

»Verfluchtes Räuberpack«, keuchte er.

Doch wieder hatte Kommissar Hummel eine Idee. Er kniff sich kräftig in die Nase … und erwachte.

»Ha!«, rief Kommissar Hummel, sprang aus dem Bett und hastete in den Keller.

Kurze Zeit später kam er mit seinem alten Moped zurück. Kommissar Hummel rollte das Moped aufs

Bett, sprang auf den Sitz und deckte sich zu. Er schloss die Augen und schlief ziemlich aufgeregt wieder ein ...

Höchste Zeit: *Don Bartholo wollte gerade mit dem Sparschwein in die Straßenbahn springen! Kommissar Hummel drehte den Zündschlüssel, legte den ersten Gang ein und knatterte los. Und noch bevor sich die Tür der Straßenbahn öffnen konnte, hatte er Don Bartholo eingeholt.*

»Ha!«, rief Kommissar Hummel. »Kein Räuber auf der ganzen Welt nimmt unserem Kriminaloberhauptkommissar Hummel das Schwein weg!«

Das stimmte: Er zielte sorgfältig, sprang vom Moped ... und saß rittlings auf Don Bartholos Rücken. Kommissar Hummel zog den Knüppel und gab dem Räuber kräftig die Sporen. Nach einer kurzen Schlägerei nahm Kommissar Hummel schließlich auf Don Bartholos Bauch Platz. Jetzt war es Don Bartholo, dem die Puste ausging.

»Ha!«, rief Kommissar Hummel und ließ die Handschellen zuschnappen. Er nahm sein Sparschwein unter den Arm, kniff sich zum letzten Mal in dieser Nacht in die Nase ... und erwachte.

Ein neuer Tag war angebrochen. Kommissar Hummel kletterte müde, aber sehr zufrieden aus dem Bett. Sein Sparschwein stellte er wieder zurück auf den Nachttisch. Verschlafen nahm er die Klamotten vom Stuhl, zog sich schnell um und trat seinen Dienst an …

»Die Kollegen staunten übrigens nicht schlecht, als Kommissar Hummel im Schlafanzug zur Arbeit kam«, sagte Peter Paul.

»Wenn ich Kriminalwachtmeister Hummel wäre, dann würde ich tagsüber zur Bank gehen. Und in meinen Träumen könnte ich Fußball spielen«, sagte Tom.

»Kriminal-ober-haupt-kommissar Hummel!«, sagte Peter Paul belehrend und schnitt nachdrücklich drei dicke Strähnen aus Frau Kämmerers Hinterkopfhaaren heraus.

Dort klaffte jetzt eine große Lücke. Peter Paul wurde blass und schlich sich rückwärts davon.

»*Oh weh!*«, sagte der kleine Manfred.

»Oh weh?«, fragte Frau Kämmerer und drehte sich zu ihm um. »Was meinst du mit ›Oh weh‹?!«

Verzweifelt versuchte sie ihren Hinterkopf im großen Spiegel zu begutachten.

»Öhm, nichts«, rief Susi und hielt ihrem kleinen Bruder schnell den Mund zu. »Er meinte nur: Oh weh – das sieht aber wirklich verboten gut aus.«

»Herr Paul!«, rief Frau Kämmerer. »Ich würde gerne mal den hinteren Teil meiner Frisur sehen.«

»Aber klar, aber klar«, sagte Peter Paul, der mit einem ovalen Handspiegel wieder zurückgekehrt war.

Seelenruhig hielt er den Spiegel an ihren Hinterkopf. Frau Kämmerer schaute in den großen Frisierspiegel vor sich, um in den Handspiegel hinter sich zu blicken, und kontrollierte das Ergebnis. Für einen Moment sah es aus, als wäre ihr Unterkiefer aus dem Gelenk gefallen.

Dann keuchte sie: »Aber Herr Paul! Ich sehe ja aus … wie eine junge Frau! Was für eine tolle Arbeit, ich danke Ihnen.«

»Schon gut, schon gut!«, sagte Peter Paul gleichgültig, nahm ihr den Frisierumhang ab, half ihr vom Stuhl und begleitete sie zur Tür.

»Sie sind wirklich ein Künstler«, sagte Frau Kämmerer noch, aber Peter Paul schob sie eilig nach draußen auf den Hinterhof.

»Tschüss, Frau Kämmerer!«

Er knallte die Tür zu, atmete tief durch und ließ sich mit einem erleichterten Seufzer auf den Boden sinken. Tom, Susi und der kleine Manfred versammelten sich neugierig um ihn.

»Kinder, das war wirklich knapp«, sagte Peter Paul und zeigte ihnen den Handspiegel.

Erst jetzt sahen die Kinder, dass er ein großformatiges Foto von einem Damen-Hinterkopf aus einem Katalog ausgeschnitten und mit Haarspray auf den Spiegel gepappt hatte. An den Rändern begann sich das Bild bereits wieder abzulösen.

»Wie gut, dass die alte Frau Kämmerer so kurzsichtig ist. Für so einen Fehler kann man als Friseur schnell ins Gefängnis gesteckt werden. Stellt euch das mal vor, dann würden die Diebe nicht nur mein Haarspray klauen, sondern womöglich gleich meinen ganzen Laden ausräumen.«

»Dann könnte doch Kommissar Hummel solange bei dir aufpassen«, sagte Tom und lachte.

»Kann er nicht«, sagte Peter Paul.

»Und warum nicht?«, fragte Susi.

»Weil er doch selber gerade im Gefängnis sitzt!«

»Niemals«, sagten Tom und Susi gleichzeitig.

»Doch«, sagte Peter Paul. »Der große Detektiv hat sich nämlich vor Kurzem selbst überführt und verhaftet.«

Peter Paul hatte wieder seine Haarschere hervorgeholt. Er ließ sie jetzt wie einen Colt um seinen rechten Zeigefinger kreisen. Die Kinder sahen sich verzweifelt

nach einem Kunden für Pellepau um, aber der Laden war leer wie immer. Nur Wilhelm der Zweite trottete gerade in den Wartebereich, steckte seinen Kopf in den Wassernapf und erzeugte ein blubberndes Geräusch. Der kleine Manfred schlich sich zu ihm hin, ergriff mit beiden Händen den Napf und lief damit zu dem Frisiersessel. Wilhelm der Zweite folgte ihm wuffend und sprang auf den Sessel. Während er sich bereitwil-

lig von Susi den Nacken kraulen ließ, zog ihm Tom unauffällig den Schnittumhang über. Pellepau strich ihm prüfend durch das Fell hinter den Ohren.

»Spliss!«, sagte er. »Da hilft nur noch abschneiden!«

Wie Kriminaloberhauptkommissar Hummel sich sogar selbst überführt

Kommissar Hummel fuhr mit dem Auto zu seinem Friseur in die Sternstraße. Er entdeckte einen freien Platz vor einem Halteverbotsschild, parkte und betrat den Salon.

»Schneiden und waschen, wie immer!«, rief Kommissar Hummel und warf mit einer eleganten Bewegung seinen Hut auf einen der Puppenköpfe.

Kommissar Hummel bekam den Kopf gewaschen und die Haare geschnitten. Am Ende hielt ihm der Friseur einen Spiegel an den Nacken, und Kommissar Hummel kontrollierte das Ergebnis. Zu kurz! Wie immer.

Plötzlich sah er im Spiegel, dass sein Auto abgeschleppt wurde.

Räuber!, dachte Kommissar Hummel natürlich gleich. Er stürzte aus dem Salon und rannte hinter dem Abschleppwagen her. Er war mit seinen kurzen Haa-

ren ziemlich schnell und holte rasch auf. Doch dann trat er auf seinen Frisierumhang, stolperte zu Boden und rollte wie ein Fass die Sternstraße hinunter. Der Abschleppwagen aber bog an der nächsten Kreuzung links ab. Hätten sich seine Hosenträger nicht an einer Straßenlaterne verfangen – Kommissar Hummel wäre sicher bis nach München gerollt.

»Verfluchtes Räuberpack«, schimpfte Kommissar Hummel und klopfte sich den Dreck von der Hose.

Ohne Zweifel hatte er es mit Profis zu tun. Deprimiert und mit leichtem Schwindel ging er nach Hause.

Am nächsten Tag fand Kommissar Hummel eine Mitteilung in seinem Briefkasten: Er sollte 35 Euro bezahlen, wenn er sein Auto wiederhaben wollte. Jetzt war es klar. Allem Anschein nach handelte es sich um eine organisierte Erpresserbande! Zum Glück hatten die Räuber ihre Adresse hinterlassen: Abschleppdienst Venezia, Laibachstraße 14, Berlin-Mitte.

Kommissar Hummel fuhr sofort mit einem Einsatzkommando zur Laibachstraße. Das Gebäude des Abschleppdienstes wurde umstellt. Dann gab Kommissar Hummel den Einsatzbefehl. Die schwer bewaffneten Beamten stürmten das Büro und überwältigten Carlo Venezia.

»Ha!«, rief Kommissar Hummel, als er seine Handschellen zuschnappen ließ.

Er las Carlo Venezia seine Rechte vor und ließ ihn ins Gefängnis abführen.

Kommissar Hummel plumpste zufrieden in den breiten Ledersessel, legte die Beine auf den Schreibtisch und nahm seine Pfeife in den Mund. Doch als er gemütlich so dasaß und sich im Büro umsah, wurde er nachdenklich – für einen Gangsterboss war das Büro viel zu schäbig. Carlo Venezia war bloß ein kleiner Fisch. Es musste noch Hintermänner geben!

Kommissar Hummel begann, das Büro zu durchsuchen. Er öffnete jeden Schrank und jede Schublade, fand aber außer einer toten Maus nichts Verdächtiges. Dann durchstöberte er die Aktenordner.

Nach einer Weile stieß er auf eine Akte mit der Aufschrift »Kunden«. Er öffnete sie, las die ersten Zeilen ... Plötzlich fiel ihm die Pfeife aus dem Mund. Hier stand es schwarz auf gelb: Auftraggeber für den Diebstahl seines Autos war niemand anders als die Stadt Berlin! In was für einen Sumpf war Kommissar Hummel da bloß geraten!

Kommissar Hummel trommelte wieder sein Einsatzkommando zusammen. Gemeinsam fuhren sie zum Rathaus und umstellten das Gebäude mit schwerem Geschütz. Kommissar Hummel gab den Einsatzbefehl, und das Büro des Bürgermeisters wurde gestürmt.

Die Überraschung war perfekt. Der Bürgermeister wusste nicht, wie ihm geschah, da hatte ihm Kommissar Hummel schon die Handschellen angelegt.

»Ha!«, rief Kommissar Hummel.

Er las dem verstörten Bürgermeister seine Rechte vor und ließ ihn ins Gefängnis stecken.

Das Einsatzkommando zog wieder ab, und Kommissar Hummel blieb allein im Büro zurück.

Nachdenklich betrachtete er die Fotos an der Wand. Sie zeigten den Bürgermeister in Gesellschaft mit ranghohen Politikern und Wirtschaftsbossen. Kommissar Hummel war einem Skandal ganz großen Stils auf der Spur!

Er begann, das Büro auf den Kopf zu stellen, durchwühlte die Schränke, leerte jede Schublade auf den Boden aus, rollte die Teppiche auf, nahm die Gemälde aus den Rahmen und öffnete sogar die Holzdeckenvertäfelung. Doch außer einer alten Tennissocke fand er nichts Verdächtiges.

»Hm!«, murmelte Kommissar Hummel nachdenklich. Irgendetwas musste er übersehen haben …

»Der Papierkorb!«, rief Tom aufgeregt. »Er hat den Papierkorb vergessen!«

Wilhelm der Zweite bellte zustimmend.

»Hat er nicht«, sagte Pellepau.

Der Papierkorb!, dachte Kommissar Hummel plötzlich. Schnell zog er ihn unter dem Tisch hervor und drehte ihn um. Tatsächlich, da lag ein zerknüllter Brief vor seinen Füßen! Kommissar Hummel faltete den Brief auf – und hier stand es blau auf weiß:

Es war eine Nachricht der Polizei. Es ging um die erschreckende Zunahme von Parkdelikten in der Sternstraße. Ein gewisser Kriminaloberhauptkommissar Hummel forderte den Bürgermeister auf, künftig alle Falschparker ohne Vorwarnung abschleppen zu lassen.

Nun kannte Kommissar Hummel den Drahtzieher!

Am Abend fuhr Kommissar Hummel mit dem Einsatzkommando zu sich nach Hause. Er gab den Befehl,

am nächsten Tag um Punkt fünf Uhr morgens zuzu-
schlagen. Dann verabschiedete er sich, ging ins Haus
und legte sich schlafen.

Um Punkt fünf Uhr morgens stürmten die Beamten das Schlafzimmer von Kommissar Hummel. Die
Überraschung war perfekt. Kommissar Hummel rollte sich aus dem Bett, zog die Handschellen aus dem
Nachttisch und ließ sie um seine Handgelenke schnap-
pen.

»Die Männer vom Einsatzkommando staunten übrigens nicht schlecht, als sich Kriminaloberhauptkommissar Hummel seine Rechte vorlas«, sagte Peter Paul.

Peter Paul fuhr Wilhelm dem Zweiten noch mit einem kleinen Handstaubsauger durchs Fell, dann gab er ihm einen Klaps und ließ ihn vom Frisiersessel springen.

Als er gerade den Schnittumhang abziehen wollte, war plötzlich ein Poltern zu hören. Es kam von oben. Die Kinder erstarrten.

»Da ist jemand auf dem Dachboden!«, flüsterte Susi, während der kleine Manfred sich hinter Wilhelm dem Zweiten versteckte.

Peter Paul schlug sich gegen die Stirn.

»Aber natürlich, warum bin ich nicht gleich darauf gekommen. Die Haarspraydiebe kommen über die Dächer.«

Er hastete quer durch den Laden, verschwand kurz hinter der Tür der Abstellkammer und eilte schließlich mit einem Stab zurück.

»Schnell, alle Mann ins Entree!«, zischte Peter Paul und lief mit den Kindern in den Eingangsbereich.

Er zeigte nach oben. Neben dem Kronleuchter war die Falltür einer Dachbodentreppe zu sehen.

»Jetzt haben wir sie«, flüsterte Peter Paul, während er den Haken des Stabs in die Metallöse der Tür einfädelte.

Mit einem Ruck öffnete er die Tür und klappte eine Leiter herunter.

Dann rief er: »Kommen Sie mal runter da! Widerstand ist zwecklos. Alle Ausgänge sind umstellt!«

Er nickte Tom zu, der sich mutig mit einem Besen bewaffnet vor die Leiterstufen postierte. Dumpfe Schritte näherten sich. Dann waren plötzlich schwere, schwarze Stiefel in der Lukenöffnung zu sehen. Ein seltsamer Geruch von Verbranntem erfüllte die Luft. Tom warf den Besen weg und rannte zu seinen Geschwistern hinter die Theke. Gemeinsam beobachteten sie, wie ein großer schwerer Mann keuchend die Treppe herunterkletterte. Er trug eine schwarze Hose, eine schwarze Jacke und hatte einen wilden schwarzen Piratenbart. Im Gesicht waren schwarze Streifen aufgemalt. Genau wie sich die Kinder einen Räuber immer vorgestellt hatten. Das Einzige, was nicht zu dem

Bild passte, war der schwarze Zylinder, den er auf dem
Kopf trug.

»Sieh mal einer an ... Es ist der Herr Schornsteinfeger Kanopke, der sein Unwesen auf meinem Dach-

boden treibt«, sagte Peter Paul, halb enttäuscht, halb erleichtert.

»Ich habe mir Zugang über das Dach vom Nachbarhaus verschafft«, sagte Herr Kanopke und gab ihm die rußgeschwärzte Hand. »Haben Sie denn nicht die Benachrichtigung in Ihrem Briefkasten gefunden?«

»Doch, doch«, sagte Peter Paul kleinlaut. »Aber ich habe zurzeit so viel zu tun, da vergisst man schon mal das ein oder andere.«

Herr Kanopke sah sich etwas verwirrt in dem leeren Laden um, sagte dann aber nur: »Na ja, der Schornstein ist jedenfalls wieder sauber. Ich geh dann mal.«

»Moment noch …«, sagte Susi, die sich zusammen mit Tom und dem kleinen Manfred wieder aus ihrem Versteck gewagt hatte. »Stimmt es eigentlich, dass es Glück bringt, wenn man einen Schornsteinfeger berührt?«

Herr Kanopke lachte und sagte: »Und wie das stimmt.«

Er kniete sich zu den Kindern hinunter, die nacheinander seinen Ärmel berühren durften.

»Glück kann ich auch gut gebrauchen«, sagte Peter Paul und drehte einmal an dem Knopf der Jacke.

»Mit Glück wirst du die Haarspraydiebe aber leider auch nicht fangen«, sagte Tom.

»Da wäre ich mir nicht so sicher«, sagte Peter Paul. »Kriminaloberhauptkommissar Hummel zum Beispiel hat schon mal nur mit *Glück* einen Räuber überführt.«

Dann wandte er sich dem Schornsteinfeger zu.

»Und Sie können meinen Salon mit so einem unge-pflegten Bart auf keinen Fall schon wieder verlassen.«

Herr Kanopke schaute in einen der Spiegel und nickte verlegen.

Kurz darauf saß er auch schon auf dem Frisierstuhl und wurde von den Kindern umringt, während ihm Pellepau das Gesicht einschäumte.

Wie Kriminaloberhauptkommissar Hummel einen Fall mit sehr viel Glück löst

Als Kommissar Hummel an diesem Morgen frühstückte, fiel er fast vom Stuhl: Sein Horoskop versprach ihm eine einmalige Glückssträhne. Normalerweise glaubte Kommissar Hummel nicht an Astrologie. Aber wie der Zufall es wollte, stand heute der Uranus in seinem Sternzeichen und verband sich gleichzeitig mit der Sonne. Und dieser kosmische Gewittersturm konnte nur eines bedeuten: himmlisches Glück!

Das musste Kommissar Hummel natürlich gleich testen. Er nahm die Kaffeetasse und kippte sie direkt über seinem Kopf aus. Im selben Moment wurde ein Regenhut durch das geöffnete Küchenfenster geweht, der verkehrt herum auf

Kommissar Hummels Halbglatze liegen blieb und den Kaffee sicher auffing.

»Das wird eindeutig ein guter Tag!«, sagte Kommissar Hummel und machte sich auf den Weg.

Während er zur Arbeit fuhr, schalteten alle Ampeln sofort auf Grün. In der Mittagspause ging er zu seinem Lieblingsitaliener und gewann, da er der eintausendste Gast war, ein Jahr Pizza umsonst plus zwei Liter Limo pro Woche. Und als er wenig später zu Fuß an einer Baustelle vorbeikam, krachte nur wenige Zentimeter neben ihm ein umgekippter Baukran auf den Gehsteig. Da hatte sich Kommissar Hummel jedoch schon so an sein Glück gewöhnt, dass er den Vorfall gar nicht bemerkte.

»Fehlt nur noch ein toller Fall«, dachte Kommissar Hummel.

Schon klingelte sein Mobiltelefon. Die Einsatzzentrale meldete sich: Im Leopold-Museum für Moderne Kunst war ein Diebstahl gemeldet worden. Kommissar Hummel machte sich sofort auf den Weg.

Im Foyer erwartete ihn der aufgebrachte Museumsdirektor. Er führte Kommissar Hummel durch den modernen Museumsbau bis zu einem Seitenflügel, wo die Gemäldesammlung zu finden war. Der Eingang wurde durch eine verschlossene Glastür versperrt. Neben der Tür war ein Zahlendisplay zu sehen.

Der Direktor entschuldigte sich: »Ich muss noch eben den Sicherheitscode eingeben.«

»Das mache ich schon«, sagte Kommissar Hummel, schloss die Augen, tippte aufs Geratewohl vier Zahlen ein, wartete auf das klackende Geräusch des Schlosses und öffnete die Tür.

In den hohen, hellen Räumen hingen bunte Bilder in allen erdenklichen Größen an den Wänden. Nur die Wand neben der Tür war leer.

»Da hing bis gestern Abend noch das *Kindermädchen*«, erklärte der Direktor verzweifelt. »Es zählt zu den bedeutendsten Gemälden von Pedro Pikaro und hat einen geschätzten Wert von über zehn Millionen Euro.«

»Keine Sorge«, sagte Kommissar Hummel und nahm sein Mobiltelefon aus der Jackentasche. »Mit etwas Glück finde ich heraus, wie der Täter heißt.«

Er schloss wieder die Augen und wählte eine zufällige Telefonnummer.

Nach ein paar Freizeichen meldete sich eine Männerstimme: »Hier Viktor Spelozzi, was gibt's?«

Kommissar Hummel beendete das Gespräch gleich wieder, rief die Einsatzzentrale an und ließ eine Fahndung nach einem gewissen Viktor Spelozzi aufrufen. Eine Spezialeinheit machte Spelozzis Wohnhaus ausfindig, durchsuchte seine Wohnung und fand das Gemälde schließlich unter dem Bett.

Keine drei Stunden später war Spelozzi im Gefängnis, und das *Kindermädchen* hing wieder an seinem Platz in der Gemäldesammlung.

Der Museumsdirektor lud Kommissar Hummel noch zu Kaffee und Kuchen in sein Büro ein.

»Wie haben Sie das eigentlich gemacht?«, fragte er.

»Kosmisches Glück«, erklärte Kommissar Hummel. »Schauen Sie mal ...«

Er nahm seine Tasse und kippte sie über seinem Kopf aus. Was er jedoch nicht wusste, war, dass sich gerade ein Mond vor den Uranus geschoben hatte und seine Glückssträhne beendet war.

»Der Museumsdirektor staunte übrigens nicht schlecht, als sich Kommissar Hummel den Kaffee über den Kopf schüttete«, sagte Peter Paul.

Herr Kanopke strich sich über den frisch getrimmten Bart, der gar nicht mehr schwarz, sondern blond war. Außerdem mischte sich ein Hauch von Limone zu dem Rußgeruch. Mit einem Feuerzeug zündelte Peter Paul zuletzt noch geschickt die Ohrhärchen des Schornsteinfegers weg, dann befreite er ihn von dem Umhang und begleitete ihn zur Kasse. Herr Kanopke bezahlte, erlaubte den Kindern zum Abschied, noch mal an den Jackenknöpfen zu drehen, und hob zum Gruß den Zylinder, bevor er sich endgültig auf den Weg machte.

»Genug gearbeitet«, sagte Peter Paul und drehte das Schild an dem Fensterglas um. *Geschlossen* war jetzt draußen zu lesen. »Zeit für ein Mittagsschläfchen.«

Tom schaute auf die Uhr. »Unser Zug fährt auch bald. Wir machen uns besser auf den Weg.«

»Die Haarspraydiebe kommen heute sowieso nicht mehr«, sagte Susi.

Sie nahm den kleinen Manfred an die Hand und spuckte in ein Taschentuch, um ihrem kleinen Bruder einen schwarzen Rußfleck von der Stirn zu wischen. Der kleine Manfred verzog protestierend das Gesicht und fing an, laut zu quengeln.

Sein Gebrüll wurde von einer Abfolge furchtbarer Geräusche schlagartig unterbrochen: DENG! PENG! KLIRR! Der Lärm kam aus der hinteren Ladenecke, nahe der Tür zum Hinterhof. Peter Paul und die Kinder fuhren herum und starrten hinüber zum Salon. Schon war ein neues Geräusch zu hören, erst ganz leise, doch es wurde schnell immer lauter. Es klang ungefähr so, als würden hundert Mäuse auf Rollschuhen über den Parkettboden auf sie zufahren.

»Murmeln«, sagte der kleine Manfred.

Tatsächlich klackerten im nächsten Moment dutzende bunte Glasmurmeln die Stufen zum Entree hinunter und kamen vor ihren Füßen zum Stehen.

»Die Haar…spray…alarm…anlage …«, stammelte Susi.

»Die Haarspraydiebe!«, keuchte Tom.

Die Tür zum Hinterhof wurde zugeschlagen.

»Hinterher!«, rief Pellepau.

Er nahm einen Lockenstab, stolperte die zwei Treppenstufen hoch und rannte zur Hintertür.

»Jetzt sitzen sie in der Falle! Vom Hinterhof führt kein Weg hinaus.«

Tom und Susi packten eilig den kleinen Manfred und folgten Pellepau. Der hatte die Holztür inzwischen einen Spaltbreit geöffnet und kroch langsam hindurch auf den Hinterhof. Die Kinder taten es ihm nach. Zuerst Tom, dann Susi und zuletzt der kleine Manfred. Das Einsatzkommando postierte sich hinter

den Mülltonnen auf dem Rasen. Durch die Lücken zwischen den Tonnen konnten sie den Hof ungesehen beobachten.

Da! Im Blumenbeet von der alten Frau Kämmerer wurde hastig ein Loch gegraben. Im hohen Bogen flog die Erde über den Hof.

»Also doch Maulwürfe!«, flüsterte Peter Paul. »Wozu die wohl so viel Haarspray benötigen?«

»Vielleicht wollen sie einen unterirdischen Friseursalon aufmachen«, sagte Susi aufgeregt. »Für Wühlmäuse und Kaninchen und so.«

»Ja, das ist wirklich sehr gut möglich!«, zischte Peter Paul.

»Was sollen wir denn jetzt tun?«, fragte Tom. »Wenn wir noch lange warten, entwischen sie uns.«

»Wir hetzen Wilhelm den Zweiten auf sie!«, sagte

Peter Paul entschlossen. »Der ist auch ziemlich gut im Graben.«

»Wo ist Wilhelm der Zweite eigentlich?«, fragte Susi. »Wilhelm der Zweite!«, rief sie in Richtung des Salons.

Keine Antwort.

»Wilhelm der Zweite!«, rief Tom über den Hof.

Keine Antwort.

»WIL-LE-WAUTZ!«, rief der kleine Manfred.

Und da kam Wilhelm der Zweite herangesprungen – aus dem Loch im Blumenbeet!

»Huch!«, rief Peter Paul.

Der Hund trabte hechelnd über den Rasen und verschwand durch die Tür in den Salon. Dann schepperte es drinnen im Laden, und wenig später kam er wieder zurück auf den Hof. In seinem Maul steckte eine Dose Haarspray. Er lief zum Blumenbeet, ließ die Dose in das Loch fallen und scharrte das Loch wieder zu.

Wie vom Schlag getroffen saß Peter Paul hinter den Mülltonnen.

»Jetzt weißt du, wer dein Haarspray geklaut hat«, sagte Susi lachend.

»Verrat in den eigenen Reihen!«, brummte Peter Paul.

Wilhelm der Zweite hatte sie jetzt entdeckt und stürmte auf sie zu. Er wedelte aufgeregt mit dem Schwanz und sprang an Susi hoch, um sich mit einem Hundekuchen belohnen zu lassen.

»Vielleicht wachsen ja jetzt bald Haarspraybäume bei dir im Garten«, sagte Tom. »Dann würdest du eine Menge Geld sparen.«

»So wie das Blumenbeet von der Kämmerer jetzt aussieht, wächst darin überhaupt nichts mehr«, sagte Peter Paul. »Lasst uns lieber vom Hof verschwinden.«

Die Kinder klopften Wilhelm dem Zweiten auf die Brust und führten ihn zurück in den Salon.

»Der Zug!«, rief Susi plötzlich. »Wir haben den Zug vergessen!«

Die Kinder packten schnell ihre Sachen zusammen, griffen noch einmal in das Glas mit den Bonbons und verabschiedeten sich von Peter Paul. Der kleine Manfred umarmte Wilhelm den Zweiten, dann hielt Pellepau ihnen die Tür auf – *O Tannenbaum, o Tannenbaum* –, und die Kinder sprangen hinaus auf den Bürgersteig.

»Schaut mal wieder vorbei, wenn ihr Zeit habt ... und neue Haare«, sagte Peter Paul.

»Nur wenn unser Zug nicht geklaut wird!«, sagte Susi.

»Oder von Kriminalhauptmann Hummel verhaftet!«, rief Tom lachend, und dann rannten die Kinder los wie die Feuerwehr.

»Kriminal-ober-haupt-kommissar Hummel!«, rief Peter Paul ihnen nach.

Mürrisch schloss er die Tür. Machten sich die Kinder über ihn lustig?

Er zog das Bild von Kommissar Hummel aus sei-

ner Kitteltasche und musterte es eine Weile lang nachdenklich. Schließlich hängte er das Bild zurück an die Fotowand, rechts über Cristiano Ronaldo.

Etwas zog an seinem Hosenbein. Es war Wilhelm der Zweite, der schon die ganze Zeit um ihn herumgeschlichen war.

»Jetzt graben wir zwei erst mal das Haarspray aus«,

sagte Peter Paul, »bevor die alte Frau Kämmerer ihre Fallen aufstellt!«

Als er wenig später mit Schaufel und Eimer vor dem Blumenbeet im Hof stand, fiel ihm ein, dass Kommissar Hummel tatsächlich schon einmal einen Zug verhaftet hatte. Das war der Kölner Rosenmontagszug gewesen. Doch die Kinder waren weg, und wem sollte er jetzt die Haare schneiden?

Peter Paul nahm in dem Sessel vor dem Spiegel Platz und band sich den grünen Umhang um den Hals. Er strich sich durchs Haar, neigte den Kopf prüfend nach links, nach rechts, zog dann die Schere aus der Brusttasche, und – schnipp! – flog die erste graue Locke quer durch den Laden ...

Wie Kriminaloberhauptkommissar Hummel den Kölner Karneval verhaftet

Eines Morgens fand Kommissar Hummel eine höchst erfreuliche Nachricht in seinem Briefkasten: Der stellvertretende Kölner Polizeipräsident persönlich lud ihn für die anstehenden Karnevalstage zu Kaffee und Krapfen ein.

Kommissar Hummel freute sich sehr, auch wenn er keine Ahnung hatte, was Karneval eigentlich ist. (In Berlin gibt es zwar so etwas Ähnliches wie Karneval, doch das nennt man Bundestag.) Aber was Krapfen sind – das wusste Kommissar Hummel! Zehn Stück konnte er davon verputzen, wenn es ein Glas Milch dazu gab.

So kam es, dass Kriminaloberhauptkommissar Hummel am Rosenmontag gut gelaunt in seinem Auto saß und mit knurrendem Magen nach Köln fuhr. Er war schon sehr früh am Morgen losgefahren, und so erreichte er gegen Mittag Köln.

Sofort fiel ihm der ausgelassene Frohsinn auf, der hier herrschte. Die Menschen strömten Richtung Innenstadt und sangen »Mer Kölsche sin e Völkche!«.

Ja, hier in Köln, da lässt es sich leben!, dachte Kommissar Hummel und zündete sich zufrieden seine Pfeife an. Doch die Pfeife qualmte kaum, da sollte er schon eines Besseren belehrt werden.

Er kam auf eine breite Straße, neben der ein Kindergarten gelegen war. Plötzlich musste er hart auf die Bremse treten. Über die Straße gespannt hing ein langes Gummiband und verhinderte die Weiterfahrt. Er öffnete das Fenster, um nach dem Rechten beziehungsweise dem Linken zu sehen. Da passierte es! Drei Kinder sprangen mit Pistolen aus dem Gebüsch hervor und bedrohten den Kommissar.

»Geld oder Leben!«, knurrte der Anführer.

Normalerweise hätte der große Kommissar mit nur einem scharfen Blick erkannt, dass es sich bei den Räubern um Kinder handelte, die mit ihren Spielzeugpistolen ein paar Bonbons ergaunern wollten. Doch

diese hier waren als Cowboys verkleidet und hatten
schwarze Schnurrbärte aufgemalt. Kurzum, es waren
die furchtbarsten Räuber, die Kommissar Hummel in
seinem ganzen Leben gesehen hatte!

Für einen kurzen Augenblick überlegte er, seinen
Revolver aus dem Handschuhfach zu ziehen. Doch in
diesem Moment feuerte eines der Kinder ein paarmal
in die Luft. Ohne zu zögern rückte Kommissar Hummel sein Portemonnaie heraus. Verblüfft gab der Junge
seinen Freunden ein Zeichen, woraufhin das Gummiband nach oben gehoben wurde und Kommissar Hummel mit quietschenden Reifen davonbrauste.

So leicht nimmt man Kriminaloberhauptkommissar
Hummel natürlich nicht sein Geld weg! Sobald er sich
von dem ersten Schrecken erholt hatte, stellte er seinen
Wagen ab, bewaffnete sich mit Revolver, Knüppel und
Handschellen und schlich sich an den Ort des Über-
falls zurück. An einer Straßenecke, hinter ein paar
Mülltonnen versteckt, beobachtete er das Treiben.

So etwas Schlimmes hatte Kommissar Hummel bisher noch nicht einmal in Berlin gesehen! Die Gangster
raubten am helllichten Tage ein Auto nach dem ande-

ren aus. Sogar ein Polizeiwagen war darunter. Und was machten die Passanten auf der Straße? Sie lachten darüber und applaudierten sogar!

»Mer Kölsche sin e Völkche!«, brummte Kommissar Hummel und zog seine Pistole aus dem Gürtel.

Kurz entschlossen sprang er auf die Straße, schoss ein paarmal in die Luft und brüllte: »Hier spricht die Polizei! Legen Sie Ihre Waffen nieder! Jeder Widerstand ist zwecklos!«

Und was machten die Räuber? Die freuten sich und feuerten aus vollen Rohren zurück. Kommissar Hummel taumelte nach hinten und krachte in eine der Mülltonnen. Während er sich, so tief er konnte, in den stinkenden Müll presste, rief eine Frau nach den drei Cowboys. Man wollte noch ein paar Karnevalslieder singen und dann gemeinsam zum großen Rosenmontagszug gehen. Die Kinder teilten schnell ihre Beute auf und rannten zurück ins Haus.

Als keine Schüsse mehr zu hören waren, richtete sich Kommissar Hummel zwischen den Mülltonnen auf. Wie durch ein Wunder war er unverletzt geblieben!

»Verfluchtes Kölner Räuberpack!«, murmelte er und fegte eine Bananenschale von seinem Revolver.

Er überquerte die Straße und untersuchte den Tatort. Schließlich fand er seinen völlig zerfledderten Geldbeutel vor der Tür des St.-Stephanus-Kindergar-

tens. Kein schlechtes Versteck für eine Räuberhöhle! Aber nicht gut genug für Kriminaloberhauptkommissar Hummel …

Er legte sich auf die Wiese und kroch um das Gebäude.

Vor einem Fenster machte er Halt und wagte einen Blick hinein ...

Es war furchtbar! Etwa dreißig Cowboys, Indianer und Piraten tanzten wild im Kreis herum, schossen in die Luft und sangen: »Mi Hätz schlät kölsch, bum, bum!«

Gerade wollte Kommissar Hummel einen Überraschungsangriff starten, da verkündete die Erzieherin, man wolle jetzt zum großen Umzug gehen. Schon krachte die Tür auf, und die jubelnde Meute stürzte nach draußen. Mit einer geschickten Rolle nach links fand Kommissar Hummel Deckung in den Brennnesseln.

Dann nahm er die Verfolgung auf. Den großen Kölner Verbrecherumzug wollte er sich unter keinen Umständen entgehen lassen!

Etwa eine Stunde lang stand Kommissar Hummel mit kalten Füßen vor einer Straßensperre und wartete mit einer Horde lärmender Kölner auf den Umzug.

Er hätte jetzt schön im Warmen sitzen und mit dem stellvertretenden Polizeipräsidenten Krapfen mit Milch verputzen können.

Aber dafür wartete hier der Fang seines Lebens auf ihn.

Plötzlich zeigten die Menschen aufgeregt zu einer Straßenkreuzung. Kommissar Hummel entsicherte seine Waffe. Um die Ecke kam ein Traktor geknattert. Auf einer aufgerichteten Mistgabel war ein Schild aufgespießt: »D'r Zoch kütt« (auf Deutsch heißt das so viel wie: »Der Zug kommt«).

Und der Zug kam! Selbst in seinen schlimmsten Albträumen hatte Kommissar Hummel so etwas noch nicht gesehen: Gezogen von Traktoren rollten zehntausend Diebe, Mörder, Totschläger, Cowboys, Indianer, Piraten und als Narren verkleidete Zombies in Prunkwagen über die Straße. Nebenher gingen mindestens noch mal so viele Clowns, Hexen und Gespenster, die wild auf ihren Instrumenten spielten und den Zug mit einer furchtbaren Musik begleiteten. Und was machten die Kölner? Die freuten sich und feierten stolz ihre Gangster.

Jetzt hatte Kommissar Hummel endgültig die Nase voll. Er zog seine Pistole, stellte sich vor den Zug und brüllte: »Hier spricht die Polizei! Legen sie die Waffen nieder! Jeder Widerstand ist zw...« Kommissar Hummel wurde von einer Kamelle hart am Kopf getroffen und ging zu Boden.

»Verfluchtes Kölner Räuberpack!«, murmelte Kommissar Hummel.

Ihm musste etwas Besseres einfallen, wollte er den räuberischen Kölner Zug verhaften und ins Gefängnis von Berlin überführen. Er zündete sich seine Pfeife an und dachte scharf nach. Wenn ihn nicht alles getäuscht hatte, so war der Umzug einem Traktor hinterhergefahren ... Kommissar Hummel rannte los.

Wenig später hatte er den ganzen Zug überholt. Er stellte sich vor den Traktor und hielt dem Fahrer seine Kanone unter die Clownsnase. Dann übernahm er das Steuer. An der nächsten Kreuzung bog er links ab und fuhr, gefolgt von dem ahnungslosen Karnevalszug, auf die Autobahn.

»Mer Kölsche sin e Völkche!«, sang Kommissar Hummel fröhlich, als er wenig später auf der A100 nach Berlin tuckerte. Und auch die Kölner Narren auf den Festwagen hatten allen Grund zur Freude, denn so lange hatten sie noch nie Karneval feiern können.

Die Berliner staunten übrigens nicht schlecht, als Kriminaloberhauptkommissar Hummel mit dem Kölner Rosenmontagszug durch das Brandenburger Tor fuhr ...

»Ich wüsste ja gerne mal, wie Oberkriminalhauptmann Hummel zehntausend Diebe, Mörder,

Totschläger, Cowboys, Indianer, Piraten und Zombies in ein einziges Gefängnis stecken will!«, sagte Pellepau. »Und mindestens noch mal so viele Clowns, Hexen und Gespenster …«

Ratlos schaute er zu Wilhelm dem Zweiten. Doch Wilhelm der Zweite gähnte nur müde und trottete zu seinem Körbchen.

»Kriminal-ober-haupt-kommissar Hummel!«, sagte da plötzlich eine Stimme vor ihm.

Es war Pellepaus Spiegelbild.

»Außerdem ist er gar nicht zum Gefängnis gefahren!«

Verblüfft schnitt sich Peter Paul die letzte Locke ab und fragte: »Aber wohin ist er denn dann gefahren?«

Kriminaloberhauptkommissar Hummel fuhr zum Berliner Olympiastadion. Er zeigte dem Wachmann seinen Ausweis, worauf das große Tor geöffnet wurde. Kommissar Hummel wartete, bis der ganze Zug an ihm vorbeigefahren war, dann schloss er das Tor dreimal ab.

Wenig später galoppierte er auf einem Pferd des dritten Reiterkorps des Rote Funken e.V. zurück nach

Köln. Er kam zwar erst am Aschermittwoch beim stellvertretenden Polizeipräsidenten an, aber es waren immer noch genug Krapfen übrig. Kommissar Hummel bekam ein Glas Milch, und dann verputzte er hundert Stück: neuer Weltrekord!

Daniel Napp

wurde 1974 in Nastätten (Rheinland-Pfalz) geboren.
Nach Abitur und Zivildienst im Krankenhaus
absolvierte er von 1996 bis 2002 ein Designstudium
in Münster mit dem Schwerpunkt Illustration.
Seit 2006 arbeitet er in der Ateliergemeinschaft
Hafenstraße in Münster. Er wurde bereits
viermal für die Illustratorenschau zur Kinder- und
Jugendbuchmesse in Bologna ausgewählt.

Mehr auf www.daniel-napp.de